CODE LYOKO™

# RÉMINISCENCE

Série créée par Tania Palumbo, Thomas Romain & Carlo de Boutiny.
Synopsis : Sophie Decroisette et Bruno Regeste.
D'après un scénario original, pour cet épisode,
de Sophie Decroisette et Bruno Regeste.



Novélisation : Fabrice Colin.
Conception graphique du roman : François Hacker.

Hachette Livre, 43, quai de Grenelle, 75015 Paris.

CODE LYOKO™

# RÉMINISCENCE

HACHETTE

## L'univers de CODE LYOKO

Infecté par le virus X.A.N.A., le super ordinateur qui contrôle le monde digital (Lyoko) cherche aujourd'hui à détruire la Terre. Aelita, la seule humanoïde virtuelle qui vit sur Lyoko, lui résiste.

Lyoko est un monde virtuel créé par Franz Hopper, génie informatique et ancien enseignant au collège Kadic. Lyoko est composé de quatre territoires : la Banquise, la Forêt, le Désert et la Montagne. Chaque territoire possède des tours, des bases de données que X.A.N.A. active pour lancer des virus sur Terre.

Un groupe de collégiens connaît l'existence de Lyoko et la menace de X.A.N.A. qui plane sur la Terre : Yumi, Odd, Ulrich et Jeremy.

Ils partagent en secret une double vie : collégiens comme les autres pendant les heures de cours, ils passent le reste de leur temps à sauver le monde. Ils se virtualisent depuis leur laboratoire secret, dans le monde d'Aelita, leur meilleure amie, afin de déjouer les plans de X.A.N.A.

## COLLÈGE KADIC

## USINE

## PONT

## YUMI ISHIYAMA

**Âge :** 14 ans.

**Scolarité :** En 3e au collège Kadic, bonne élève, appréciée des professeurs, externe.

**Famille :** Parents japonais.

**Ce qu'elle aime :** La couleur noire, la culture japonaise, les matières littéraires, la loyauté, la réflexion, l'humour et l'ironie.

**Ce qu'elle déteste :** L'injustice et la superficialité.

**Personnage virtuel :** Princesse japonaise.

**L'Overwing** est le véhicule de Yumi, croisement entre un scooter et un aéroglisseur. Très maniable, il facilite ses déplacements dans Lyoko.

***Zen, mûre pour son âge, Yumi impose le respect et prend souvent les décisions importantes.***

## ULRICH STERN

**Âge :** 13 ans.

**Scolarité :** En 4e au collège Kadic, élève moyen, interne, partage sa chambre avec Odd.

**Famille :** Fils unique de parents assez riches qu'il voit très peu.

**Ce qu'il aime :** Les sports de combat, notamment le penchak silat, le foot, faire enrager le surveillant de l'internat, jouer au bel indifférent.

**Ce qu'il déteste :** La discipline et les confidences.

**Personnage virtuel :** Un samouraï.

Ulrich utilise **l'Overbike**, une moto ultra-compacte et très puissante qui possède une capacité d'accélération hors du commun.

***Mystérieux, rebelle et plein de sang-froid, dans l'action, Ulrich est un véritable virtuose.***

## ODD DELLA ROBIA

**Âge** : 13 ans.

**Scolarité** : En 4e au collège Kadic, élève moyen (avec l'aide de Jeremy), interne, partage sa chambre avec Ulrich.

**Famille** : Des parents artistes qui lui ont transmis le goût de la liberté et un esprit curieux.

**Ce qu'il aime** : Le jeu, les arts, la fantaisie, l'humour, son chien Kiwi.

**Ce qu'il déteste** : Le sérieux, la logique et la modération.

**Personnage virtuel** : Homme-chat.

**L'Overboard** de Odd est un surf volant souple et léger nécessitant une grande habileté, il lui permet de réaliser d'étonnantes cascades.

***Indifférent au danger, réagissant à l'instinct, Odd est le casse-cou et l'amuseur de la bande.***

## JEREMY BELPOIS

**Âge** : 12 ans.

**Scolarité** : En 4e au collège Kadic, élève surdoué, interne.

**Famille** : Fils unique, parents de milieu modeste, très fiers de leur prodige.

**Ce qu'il aime** : L'informatique, les robots, les machines, les inventions, les équations, la réalité virtuelle.

**Ce qu'il déteste** : Les menus problèmes du quotidien.

**Personnage virtuel** : Aucun.

***Jeremy est le petit génie de la bande et supervise tel un chef d'orchestre les voyages virtuels de ses amis.***

## AELITA

**Arme :** Ne se bat pas.

**Pouvoir :** Synthétisation d'objets naturels éphémères.

**Signe particulier :** Elle connaît parfaitement Lyoko.

***Créature virtuelle humanoïde dotée d'un tempérament à la fois confiant et paisible, Aelita est l'unique habitante et la gardienne de Lyoko. Son existence est totalement liée à celle de X.A.N.A.***

**Sissi, alias Elisabeth Delmas**

Interne de 4e,
fille du proviseur.

**Hervé Pichon,**
**Nicolas Poliakoff**

Internes de $4^{e}$,
chevaliers servants de Sissi.

**Milly Solovieff,**
**Tamiya Diop**

Internes de $6^{e}$, journalistes
du collège Kadic.

**Jean-Pierre Delmas**

Proviseur du collège Kadic.

**Suzanne Hertz**

Professeur de sciences et vie
de la Terre et de technologie.

**Jim Moralès**

Professeur d'éducation physique et
surveillant général de l'internat.

# LEXIQUE

**antivirus** : programme chargé de détecter la présence de virus dans un système électronique et de les supprimer.

**carte d'identité digitale** : l'une des interfaces du programme Lyoko regroupant des caractéristiques des personnages virtuels comme le nom, le nombre de points de vie, l'arme et les pouvoirs...

**collège Kadic** : pensionnat où Yumi, Odd, Ulrich et Jeremy sont élèves. Deux passages secrets relient le collège à l'usine désaffectée où se trouve le supercalculateur*.

**désactiver** : neutraliser un virus, par exemple celui qui infecte une tour de Lyoko. Synonyme : dévirusser.

**dévirtualisation** : fin de la vie virtuelle et renvoi dans le monde réel.

**hologramme de Lyoko** : image du monde virtuel en relief.

**holomap** : plan virtuel holographique en 3D du monde Lyoko, qui se décompose en quatre territoires : la Banquise, la Forêt, le Désert et la Montagne.

**humanoïde** : ce terme désigne un être d'apparence humaine. Aelita est une humanoïde : elle ressemble à une jeune fille humaine mais elle est en fait une créature virtuelle.

**matérialisation** : action de rendre matériel ou réel ce qui est immatériel ou virtuel. La matérialisation d'Aelita en jeune fille humaine lui permettrait de vivre dans le monde réel.

**monstre** : créature digitale armée au service de X.A.N.A.

**plonger** : voyager virtuellement sur Lyoko.

**scannérisation** : copie électronique en 3D des collégiens par les scanners du super ordinateur en vue d'obtenir leurs clones digitaux.
Synonymes : numérisation, digitalisation.

**super ordinateur** : ordinateur ultra-puissant découvert par Yumi, Odd, Ulrich et Jeremy dans une usine désaffectée proche du collège Kadic*, notamment doté d'écrans multiples et de scanners 3D. Il occupe, avec ses périphériques, trois salles superposées : le laboratoire, la salle des scanners, la salle du supercalculateur*. Des câbles numériques le relient au monde virtuel et parallèle Lyoko, dont il dirige l'existence digitale. Pour une raison inconnue des collégiens, il est infecté par un virus dénommé X.A.N.A.
Synonyme : supercalculateur

# LEXIQUE SUITE

**synthétisation :** action de créer par effort mental quelque chose de matériel. Grâce à ce pouvoir, Aelita peut créer des objets naturels et éphémères sur Lyoko, comme des ponts, des rochers, des troncs d'arbres ou des murs de glace.

**tour :** banque de données de Lyoko reliée aux réseaux informatique et électrique terrestres, activée lorsqu'elle est infectée par un virus envoyé par X.A.N.A.

**transfert :** déplacement de quelqu'un ou quelque chose du monde réel au monde virtuel.

**X.A.N.A. :** C'est le virus infectant le super ordinateur qui régente le monde virtuel. Son but : détruire la Terre et prendre le contrôle de Lyoko. Pour cela il lance des attaques dans le monde réel et peut prendre le contrôle d'objets électroniques, d'animaux ou d'êtres humains.

Les mots avec un astérisque*
sont définis dans le lexique.

# 1

# LES MAÎTRES DE LYOKO

Le jour se lève sur l'usine. Assis à son bureau, Jeremy contemple ses écrans, fasciné.

Soudain, les portes du labo s'ouvrent. Ulrich, Yumi, Odd et Aelita font leur entrée. Comme souvent, c'est Odd qui prend la parole :

— Eh, Einstein ! Dis donc, on t'a cherché partout !

Jeremy se retourne vers ses amis. Il a

l'air fatigué, et l'expression de son visage est grave.

— Bah, j'ai passé toute la nuit ici, à lire le journal de Franz Hopper…

Tout en parlant, le jeune prodige se tourne vers les écrans et commence à pianoter sur le clavier de son ordinateur.

— Écoutez un peu ça !

Les autres se pressent autour de l'écran central. Une fenêtre vidéo est ouverte, et dans cette fenêtre : Franz Hopper en personne, assis au bureau du labo – exactement là où se trouve Jeremy en ce moment ! Filmé par une caméra placée en face de lui à hauteur de visage, le professeur se tient bien droit, les mains jointes, concentré et sérieux. L'image vidéo, légèrement pixellisée, est parcourue de zébrures : pas vraiment un enregistrement de première qualité ! Mais les enfants ne le remarquent même pas. La voix de Franz Hopper les captive.

— 6 juin 1994. Jour 67. J'ai compris que le Projet Carthage était un programme militaire destiné à bloquer les communications ennemies…

Jeremy tape nerveusement sur son clavier.

— Attendez, dit-il, c'est juste après ça !

Dans la fenêtre de l'ordinateur, l'image de Franz Hopper avance par saccades. Puis, tout se stabilisc, et la vidéo repart à vitesse normale. Franz Hopper est toujours là, mais sa barbe est un peu plus longue que dans la séquence précédente, et il soupire. Il se remet à parler :

— … alors j'ai construit le supercalculateur*, puis j'ai créé Lyoko et j'ai

programmé X.A.N.A.* pour détruire Carthage…

Jeremy frappe sur les touches de l'ordinateur. La vidéo repasse en avance rapide, jusqu'à une autre séquence. Franz Hopper est toujours là.

— 6 juin 1994. Jour 639...

Jeremy est concentré sur son clavier.

L'image se brouille encore et progresse jusqu'à un nouveau plan de Franz Hopper, dont la barbe a encore poussé. Mais cette fois, le savant parle en se tenant la tête. Et il paraît angoissé.

— 6 juin 1994. Jour 1265. Quelqu'un m'espionne... On veut m'éliminer !

Les enfants se regardent. Jeremy fait avancer l'image.

À présent, Franz Hopper se redresse, ajuste la caméra puis retombe dans son fauteuil, devant son bureau, et déclare :

— J'ai tenté de détruire le supercalculateur* et de supprimer toutes traces de mes activités. C'est alors que j'ai découvert une de ses propriétés les plus fascinantes : le retour vers le passé...

Souriant faiblement, le professeur tente de dissimuler sa nervosité.

— Cela m'a donné tout le temps dont j'avais besoin pour mettre mon grand projet au point, l'unique solution pour réussir à échapper à mes ennemis !

Jeremy toussote et se penche sur son clavier. Des plans se succèdent à toute allure. Au fil des séquences, la barbe de Franz Hopper s'allonge.

Une dernière fois, l'image se stabilise. Le savant a l'air à bout de forces.

— 6 juin 1994. Jour 2546.

Jeremy fixe l'écran, fasciné.

— Voilà ! s'exclame-t-il. C'est ici !

Les quatre autres se resserrent autour du moniteur. Franz Hopper est réellement excité par sa découverte.

— Les scanners et les programmes de virtualisation sont prêts. D'ici quelques heures, je partirai sur Lyoko avec Aelita...

Odd et les autres se dévisagent avec stupeur.

À l'écran, Franz Hopper parle toujours. Il se lève, parcourt le labo de long en large et s'agite.

— Comme moi, Aelita détiendra les clés de Lyoko. Ensemble, nous en serons les maîtres absolus !

Puis il s'arrête et se rapproche de la caméra. Ses paupières se plissent, sa voix n'est plus qu'un murmure.

— Et nous pourrons y vivre elle et moi... pour toujours !

Aelita est bouche bée.

Franz Hopper avance un doigt vers la caméra. L'image se fige un instant sur son visage, puis se brouille. Et la fenêtre vidéo se ferme.

Jeremy reste un instant silencieux, avant de se retourner vers ses amis.

— « Les clés de Lyoko... » Vous avez entendu ? C'est très clair, maintenant ! Ce sont ces clés que X.A.N.A.* cherche à voler dans la mémoire d'Aelita depuis le début !

Yumi et les autres attendent la suite, stupéfaits. Ulrich fronce les sourcils et s'interroge à voix haute :

— Admettons mais... Et après ? À quoi ça lui servirait ?

Aelita soupire. Pour elle, les choses sont claires depuis un moment déjà. Sa voix est blanche quand elle répond :

— À s'évader du supercalculateur*... et à prendre le contrôle du monde !

Un lourd silence s'installe. Visiblement très perturbée par le témoignage de Franz Hopper, Aelita tourne les talons et sort du laboratoire.

Au réfectoire, la jeune fille ne mange rien et, pensive, remue silencieusement son chocolat avec sa cuillère.

Bientôt, le reste de la bande la rejoint, des plateaux dans les mains, et s'installe à sa table. Jeremy s'assied à côté d'elle.

— Aelita, ne fais pas cette tête ! T'aurais quand même pu attendre que j'aie terminé pour partir ! Je n'ai pas eu le temps de t'annoncer LA bonne nouvelle !

Il se tourne vers les autres et reprend :

— Vous savez quoi ? Figurez-vous que je fais fausse route depuis le début !

Ulrich s'installe à son tour à la table. Il est perplexe.

— Sans blague ! Comment ça ?

Jeremy se lance dans des explications compliquées, levant le doigt comme un professeur.

— En fait, c'est très simple. Je croyais que X.A.N.A.* avait transmis un virus à Aelita... donc je me suis mis à la recherche de l'antivirus*. Mais, grâce au journal de Franz Hopper, j'ai fini par comprendre ! X.A.N.A.* n'a rien trans-

mis à Aelita ! En fait, X.A.N.A.* lui a pris quelque chose !

Yumi plisse le front en reposant son bol.

— Vraiment ?… Et qu'est-ce que c'est ?

Jeremy hoche la tête.

— Ça, je ne sais pas exactement ! Disons un fragment. Une partie d'elle, si vous préférez... Et je l'ai repéré sur le Cinquième Territoire !

Odd sourit.

— On pourrait aller le chercher ce soir, après le bal de fin d'année !

Ulrich acquiesce.

— Génial ! Ce sera notre dernière mission... Et après : vacances d'été bien méritées pour tout le monde !

Mais Aelita, l'air grave, se lève de son siège et proteste :

— C'est hors de question !

Elle s'éloigne rapidement. Les autres échangent des regards consternés. Ils ne s'attendaient pas du tout à cette réaction.

De mauvaise humeur, Aelita avance vers les arcades. Elle semble préoccupée. Jeremy, qui a suivi son amie, la rattrape et la retient par le bras.

— Aelita ! Attends !... Qu'est-ce qui te prend ?

La jeune fille se dégage. Elle le regarde, déterminée.

— Je refuse de remettre les pieds sur

Lyoko, Jeremy. Tu m'entends ? C'est terminé !

Le garçon la dévisage avec surprise. Il ne reconnaît plus son amie.

— Pourquoi ?!... Mais enfin, Aelita, qu'est-ce qui t'arrive ?

La jeune fille se met à crier.

— Tu te rends compte que mon père m'a volé ma vie ? Il a voulu jouer les apprentis sorciers et les savants fous, et à cause de lui, je ne suis plus rien, ni personne.

Jeremy se passe une main sur le visage. Il commence à comprendre ce que ressent son amie. Il tente de trouver les mots justes.

— Allez, oublie ça... C'est du passé ! On va récupérer la partie de toi que X.A.N.A.* a volée, et on va éteindre le supercalculateur* ! Ensuite, tu seras libre... Tu réalises ce que ça veut dire ?

Aelita contemple Jeremy d'un air triste. Elle ne partage pas vraiment son enthousiasme.

— Et si ça se passe mal, hein ? Et si X.A.N.A.* réussissait à s'emparer de ma mémoire et des clés de Lyoko ?

Cette fois, Jeremy ne trouve rien à répondre. Aelita tourne les talons et rentre dans les toilettes, laissant le jeune prodige seul avec ses questions.

# 2

# INVITATIONS

Soucieux, Ulrich, Odd et Yumi sortent du réfectoire et se dirigent vers la cour. Jim est déjà là, planté au milieu des élèves, les poings sur les hanches : le surveillant distribue les consignes et, comme d'habitude, il prend son rôle très au sérieux.

— Bon, alors… Pour les petits fêtards qui auraient la mémoire courte, je voudrais rappeler que, pendant le bal de fin d'année, toute danse suggestive et toute incitation au désordre seront sévèrement punies ! Voilà… Alors faites attention, et amusez-vous bien !

Les élèves hochent la tête gravement. Pourquoi faut-il toujours que quelqu'un leur rappelle ce qu'ils n'ont pas le droit de faire ?

Odd blêmit en se tournant vers Ulrich.

— De toute façon, gémit-il, j'ai toujours pas de cavalière pour l'instant... Heureusement, je sais y faire avec les filles !

Il sourit, s'approche d'une jeune collégienne qui lui tourne le dos… et lui tapote l'épaule, sûr de lui.

— Salut ! Ça te dirait de venir au bal avec moi ?

La jeune fille se retourne... et le foudroie du regard.

— Je croyais t'avoir demandé de ne plus jamais m'adresser la parole !

Odd la dévisage, mal à l'aise.

— Ah oui, euh... Désolé.

Ulrich ne peut pas s'empêcher de rire. Puis il prend un air détaché et se tourne vers Yumi.

— Au fait... toi, tu y vas avec qui ?

Gênée, Yumi baisse la tête.

— Ben justement, j'avais l'intention de t'en parler...

Mais, alors qu'elle s'apprête à faire sa déclaration – en tout cas, c'est ce que semble attendre le garçon – William apparaît et attrape Yumi par le bras.

— Ah, Yumi ! Je te cherchais ! Est-ce que je peux te parler ?

La jeune fille n'a même pas le temps de protester : William l'entraîne à l'écart.

Incapable de réagir, mais bouillant de rage, Ulrich les regarde s'éloigner.

— D'accord, marmonne-t-il. Je crois que cette fois, les choses sont claires ! Qu'est-ce que j'espérais de toute façon ?

Mais il n'a pas le temps de s'apitoyer : au moment où Odd – qui n'a pas vraiment eu plus de chance – le rejoint, Sissi – l'horripilante et collante Sissi – se plante devant eux.

— Coucou ! s'exclame-t-elle d'un ton enjoué.

Accompagnée de ses éternels soupirants, Hervé et Nicolas, la jeune fille sourit à Ulrich en battant des paupières comme une actrice de comédie sentimentale.

— Dis donc, mon grand… Ça te

dirait d'aller au bal avec la plus belle fille du collège ?

Sans laisser à son ami le temps de répondre, Odd lui jette un regard hautain.

— Oh, tu veux dire Anaïs Fiquet ? Mais ça ne va pas être possible, tu sais : elle est déjà avec Christophe M'Bala !

Sissi le foudroie du regard.

— Mais non, abruti, je parlais de moi !

Odd la regarde en souriant. Haussant les épaules, Sissi choisit de l'ignorer. De nouveau, elle se retourne vers Ulrich, attendant sa réponse.

— Alors ?

Hésitant, Ulrich jette un coup d'œil à Yumi et William qui discutent, main dans la main. Mouais – plus rien à espérer de ce côté-là. Avec un soupir, il regarde de nouveau Sissi. « Bah, se dit-il, il y a largement pire. »

— D'accord, Sissi. Je serai ton cavalier.

Flattée – et un peu étonnée aussi – la jeune fille ne peut pas s'empêcher de sourire.

— Ah oui ? C'est vrai ? Bon, eh bien... C'est génial ! Alors, euh, à ce soir !

Sans lui laisser le temps de répondre, elle tourne les talons, toute joyeuse. Aussitôt, Nicolas lui emboîte le pas. Quant à Hervé, il fusille Ulrich du regard... puis disparaît à son tour.

Odd se tourne vers Ulrich et lui lance un regard mauvais.

— Tu sais quoi ? Tu me déçois, là !

Honnêtement, je préfère être un gros naze tout seul qu'un gros naze mal accompagné !

— Oui, eh bien, c'est comme ça ! lui répond Ulrich froidement.

De nouveau, le garçon jette un œil vers le fond de la cour. À quelques mètres de là, Yumi et William discutent toujours, main dans la main. Malheureusement, il ne peut pas entendre ce qu'ils se disent.

— Alors, c'est sûr ? Tu ne veux pas y aller avec moi ? insiste William.

Yumi hoche la tête et retire sa main de celle de William. Elle se sent gênée. Mais elle sait aussi ce qu'elle veut…

— Oui, lui répond-elle le plus gentiment possible. Oui, c'est sûr. Désolée.

— Alors... tu y vas avec quelqu'un d'autre ?

Yumi se tourne… et son regard suit Ulrich, qui s'éloigne avec Odd.

— J'espère... répond-elle, songeuse.

# 3

# SACRIFICE

Au cœur de l'usine, les portes de la salle du laboratoire s'ouvrent lentement. Aelita entre, et se dirige vers le tableau de commande.

Pendant quelques instants, elle regarde le pilier avec intensité… Puis, d'un geste décidé, elle presse un bouton : un panneau s'ouvre et dévoile une manette. Elle l'attrape, et l'abaisse.

Aussitôt, la lumière du supercalculateur* faiblit et un son s'élève, de plus

en plus grave, comme la plainte d'un énorme animal en train de mourir. Soudain, la jeune fille perd connaissance et s'effondre devant le pilier.

Dans la cour du collège, Odd et Ulrich, inconscients du drame qui se joue à quelques centaines de mètres d'eux, discutent devant le distributeur de boissons. Jeremy les rejoint en courant. Il a l'air vraiment inquiet.

— Hé, vous avez vu Aelita ?

Ulrich et Odd secouent la tête. Jeremy soupire. Son front se plisse. Il a une boule dans la gorge.

— Zut ! Elle ne répond pas à son téléphone… Et le supercalculateur* ne répond pas non plus !

Odd hoche la tête.

— Tu veux dire… qu'il y aurait un bug ?! demande-t-il.

Jeremy hésite.

— Je n'en sais rien. Peut-être… En tout cas, je fonce à l'usine ! Pour les profs, débrouillez-vous, hein ! Je veux dire : couvrez-moi…

Odd et Ulrich approuvent, inquiets. Jeremy s'éloigne… et croise Yumi qui se dirige vers eux. Il lui fait signe qu'il n'a pas le temps de s'arrêter. Un peu surprise, la jeune fille esquisse un sourire et poursuit son chemin vers ses deux amis.

— Alors, Odd, demande-t-elle, tu as quelqu'un pour le bal ?

Odd hoche la tête.

— Moi, non.

Ulrich hausse un sourcil. Alors qu'il va dire quelque chose, Sissi surgit devant eux et lui saute au cou !

— Coucou, mon Ulrich !

Elle recule d'un pas et, avec une expression de bonheur complet, lui tend un cadeau emballé dans un joli papier avec un gros nœud.

— Tiens... C'est pour toi !

Ulrich examine l'objet... puis relève les yeux vers la jeune fille.

— Et... c'est quoi ? lui demande-t-il.

Sissi lui lance un sourire charmeur.

— Une petite surprise... Alors... à ce soir !

Elle s'éloigne en frôlant Yumi. Cette dernière regarde Ulrich droit dans les yeux.

— D'accord... J'ai compris !

— Ben quoi ?! réplique Ulrich, en lui lançant un regard noir, toi tu vas bien au bal avec William !

Yumi croise les bras.

— Ah bon ? Tu crois ça ?... Bon, je vois que tu ne comprends rien du tout ! Salut !

Elle fait volte-face et repart d'un pas décidé.

Ulrich la regarde disparaître, abattu. Odd affiche un grand sourire. On sent qu'il est prêt à lancer une bonne blague. Mais son ami prend un air menaçant.

— Toi, une remarque ou un proverbe bidon et t'es mort, pigé ?

Sur ces paroles, Ulrich s'en va d'un pas nerveux.

Plus amusé qu'impressionné, Odd l'accompagne en trottinant et lève un doigt.

— Attends, j'en ai un : Ulrich qui perd la tête... ferait mieux de rester sous sa couette !

Son ami hausse les épaules... ce qui ne suffit pas à gâcher l'enthousiasme d'Odd.

— Eh, attends, j'en ai un autre ! Ulrich qui sort avec Sissi, risque de ne plus revoir Yumi !

— Fiche-moi la paix ! lui hurle Ulrich en se mettant à courir.

— Ben qu'est-ce qui te prend ?

Maintenant, Odd court aussi. Le garçon poursuit son ami tandis que la sonnerie de reprise des cours retentit.

Jeremy, lui, n'a pas du tout la tête aux cours. Assis à son bureau, dans son laboratoire, il est penché sur son clavier et enfonce toutes les touches les unes après les autres, essayant même des combinaisons inédites.

Mais rien à faire : l'ordinateur reste désespérément éteint.

Le jeune prodige fronce les sourcils. La panique n'est pas loin.

— C'est pas normal, ça !

« Et voilà que je parle tout seul, songe-t-il. Faut vraiment que je prenne des vacances. »

Il se lève et se dirige vers l'ascenseur. Les portes de la salle du supercalculateur* s'ouvrent lentement.

Jeremy entre dans la salle et se fige.

— AELITA !

La jeune fille est toujours allongée sur le sol, sans connaissance. Jeremy se précipite vers le pilier. Il relève la manette de la pile nucléaire.

Le murmure sourd de la machine devient progressivement plus aigu. Bientôt, le supercalculateur* se rallume.

Jeremy se précipite aux côtés de son amie et la prend tendrement dans ses bras.

— Aelita ! Réponds-moi !

La jeune fille ne bouge pas.

Pendant un instant, Jeremy craint le pire. Il insiste.

— Je t'en prie… Réveille-toi !

À cet instant, Aelita gémit et prend une longue inspiration, comme si elle s'était trouvée en apnée pendant plusieurs minutes. Son ami la regarde avec espoir.

Enfin, elle ouvre les yeux.

Jeremy hésite entre colère et soulagement. Il approche son visage de la jeune fille.

— T'es dingue ?! Qu'est-ce qui t'a pris de faire un truc pareil ?

Aelita esquisse un sourire. Sa voix n'est qu'un murmure.

— Je voulais… sauver la Terre ! Te sauver toi… et les autres !

Bouleversé, Jeremy la serre dans ses bras.

— La Terre, on la sauvera ensemble ! Et ensuite, tu auras la vie devant toi ! Ta toute nouvelle vie, d'accord ?

# 4

# PRIVÉ DE SORTIE !

Ulrich et Odd se sont réfugiés dans leur chambre. Ulrich est assis sur son lit et contemple d'un air maussade le cadeau de Sissi qu'il n'a même pas ouvert. Odd, de son côté, fait ses exercices de gym : il se tient la tête en bas, les pieds en l'air contre l'armoire.

— Hé, demande-t-il à son ami d'un ton moqueur, tu ne devrais pas te préparer ?

Se remettant sur ses pieds, il insiste :

— C'est vrai, quoi, dépêche-toi ! Ta petite copine va t'attendre !

Ulrich le regarde d'un air mauvais.

— Odd, tu me lâches ?

Le garçon se dirige vers la porte.

— D'accord, c'est bon ! Je te laisse : je m'en vais… Qui sait ? Je vais peut-être croiser un cœur solitaire dehors ?

Le plaisantin sort de la chambre et referme derrière lui. Resté seul, Ulrich réfléchit.

Puis il regarde le cadeau de Sissi et se décide à l'ouvrir. C'est un cube en plastique… dont chaque face est recouverte d'une photo différente de Sissi ! Ulrich le lance sur son lit et se lève, puis sort à son tour de la chambre.

Sans hésiter, il se rend chez Yumi, et appuie sur la sonnette de la porte d'entrée de son pavillon.

C'est le petit Hiroki – le frère de la jeune fille – qui ouvre la porte. Ulrich se tient sur le seuil, l'air gêné.

— Euh, salut… Yumi est là ?

Le garnement l'observe, moqueur, puis se retourne, et hurle :

— YUMI ! TON AMOUREUX EST LÀ !

Deux secondes plus tard, Yumi surgit dans le couloir et repousse le petit garçon, qui pouffe bêtement de rire.

— Dégage, Hiroki !

La jeune fille détaille Ulrich de la tête aux pieds.

— Ben alors ? demande-t-elle sur un ton légèrement agressif, qu'est-ce qu'il y a ? T'es pas au bal avec Sissi ?

Dépité, Ulrich baisse la tête.

— Déjà, j'aime pas trop danser. Alors avec Sissi, imagine…

Yumi le regarde. Elle n'a pas l'air décidée à l'aider.

— Pourquoi t'es là ?

Le jeune garçon relève la tête et la regarde droit dans les yeux.

Après un silence, il se lance courageusement :

— J'avais un truc à te dire…

Yumi reste bouche bée. Surtout, ne pas lui montrer qu'elle est émue.

Silence. Soudain, le téléphone d'Ulrich se met à sonner. Le garçon ne réagit pas. Yumi hoche la tête.

— Alors ?... Tu ne décroches pas ?

Avec un soupir, Ulrich se décide enfin, et colle à contrecœur son portable sur son oreille.

— Ouais, allô ?

À l'autre bout de la ligne : Jeremy et sa micro-oreillette. Aelita se tient à ses côtés.

— C'est moi ! T'es pas au bal ?

— Non. J'ai pas envie d'y aller...

— Ça tombe bien ! Aelita et moi, on n'y va pas non plus. Rejoins-nous à l'usine... Tu pars en mission ! Et préviens Odd et Yumi, d'accord ?

Ulrich soupire...

— D'accord.

... et raccroche, les yeux toujours fixés sur Yumi. Elle lui sourit.

Au même instant, des dizaines d'internes attendent devant le bâtiment où doit avoir lieu la grande fête de fin d'année. De la musique s'en échappe.

Jim, qui joue le vigile, laisse passer un

couple : Christophe M'Bala et Anaïs Fiquet. Vêtue d'une tenue sexy, Sissi fait les cent pas, nerveuse.

« Pitié, songe Odd, faites qu'elle ne vienne pas me parler. »

Sissi s'approche de lui avec sa tête des mauvais jours.

« Et zut ! »

— Dis donc Odd, tu ne sais pas où est Ulrich ?

— Non… Et c'est bizarre d'ailleurs,

parce qu'il avait promis de m'emmener au bal ! répond-il, fier de sa blague.

Sissi hausse les épaules et s'éloigne tristement. Odd la suit un moment des yeux, puis repère une fille seule, un cœur solitaire : Carla Hournon. Il s'approche d'elle, charmeur.

— Salut ! Ça te dirait d'être ma cavalière ?

Carla lui sourit.

— Euh… d'accord ! Moi, c'est Carla !

— Je sais. Moi, c'est Odd !

L'expression de la jeune fille se modifie, son sourire est remplacé par un air méfiant.

— Odd… Della Robia ?

Il acquiesce avec un grand sourire.

— Le seul et l'unique !

Carla lui tourne le dos et s'éloigne.

— Désolée… mais en fait, j'attends quelqu'un.

Stupéfait, Odd la regarde partir quand, soudain, son portable sonne. C'est Ulrich.

— Odd ! Tu es au bal ?

Odd regarde fixement le bâtiment de la salle des fêtes.

— Heu, oui. Je veux dire… presque !

— Bon, eh ben rapplique au labo illico ! Parce qu'on plonge sur Lyoko ! lui annonce Ulrich.

# 5

# CHANGEMENT DE PROGRAMME

Dans l'usine, Jeremy est tout excité.

— Cette fois-ci, c'est la bonne !

Face à lui, Odd, Yumi, Ulrich et Aelita semblent plus tendus que jamais.

— On va récupérer le fragment qui manque à Aelita et en finir avec X.A.N.A.* une fois pour toutes ! poursuit le jeune prodige.

Aelita, Ulrich et Yumi approuvent en

silence. Ils sont sceptiques, mais est-ce qu'ils ont vraiment le choix ?

Finalement, c'est Odd qui se décide le premier à tourner les talons pour rejoindre la sortie.

— Bon, ben, allez, on fonce… Je vais mener la danse !

Son intervention décide les autres. Ulrich et Yumi sourient et le suivent. Aelita, elle, se tourne une dernière fois vers Jeremy.

— Soyez prudents… murmure le garçon.

Les quatre compagnons se dirigent vers la salle des caissons.

Installé à son bureau, plus motivé que jamais, Jeremy lance la procédure de virtualisation.

— Transfert* Ulrich ! Transfert* Odd ! Virtualisation !

Dans les caissons, le scan se termine pour Odd et Ulrich, qui se dématérialisent puis réapparaissent, bras en croix, sur le Territoire de la Banquise.

Ils se rétablissent souplement sur le sol.

— Tout va bien ? s'inquiète Jeremy.

Ulrich et Odd échangent un regard complice.

— T'en fais pas, tout baigne !

Les doigts de Jeremy s'agitent sur le clavier.

C'est maintenant au tour de Yumi et d'Aelita.

— Transfert* Yumi, transfert*

Aelita... Et je programme vos véhicules !

Yumi et Aelita se retrouvent sur le Territoire de la Banquise. Dès qu'elles posent un pied sur le sol, leurs engins apparaissent.

— L'extrémité du Territoire se trouve direction nord-est ! les informe Jeremy.

Les quatre amis bondissent sur leurs appareils : Odd sur l'Overboard, Yumi et Aelita sur l'Overwing et Ulrich sur l'Overbike. Ils démarrent à toute allure.

Ils foncent comme des flèches au-dessus de la banquise, vers l'extrémité du Territoire de la Banquise.

Pendant un moment, le voyage est tranquille.

— Pas de bestioles ? demande Jeremy.

Il est presque inquiet.

Odd scrute les environs.

— Non, rien.

Yumi fait la moue en s'adressant à Jeremy.

— Tu ne trouves pas ça bizarre ?

Jeremy consulte l'écran radar, où ses quatre amis sont représentés par des points.

— Disons que cette fois, répond-il, X.A.N.A.* ne nous attendait pas.

Bientôt, Odd et les autres arrivent à l'extrémité du Territoire de la Banquise. Sautant de leurs véhicules, ils poursuivent leur chemin à pied.

— Entre le code ! demande Aelita à Jeremy.

Le petit prodige, enthousiaste, tape le code « SCIPION ».

— O.K. ! En route pour le Cinquième Territoire, les amis !

Ulrich, Aelita, Yumi et Odd se regroupent au bord du Territoire : ils sont prêts.

Soudain, le Transporteur, une grosse sphère blanche frappée du sigle de X.A.N.A.*, apparaît face à eux. Il s'ouvre, et les amis sont engloutis à l'intérieur. L'étrange machine se met à tourner sur elle-même et, d'un coup, s'éloigne à toute vitesse.

Sur les écrans de son laboratoire, Jeremy parvient à suivre la trajectoire du Transporteur. Ce dernier survole successivement plusieurs zones. Direction : le centre de Lyoko.

Arrivé dans l'Aréna, la zone centrale du Cinquième Territoire surmontée d'un dôme, l'appareil libère Yumi, Ulrich, Odd et Aelita, dans la position exacte qu'ils occupaient au moment où ils se sont fait capturer. Tous les quatre sont donc debout.

Odd fait une drôle de tête. Ulrich, qui connaît très bien son ami, se rapproche discrètement de lui.

— Qu'est-ce qu'il y a, Odd ? Ne me dis pas que tu as encore envie de vomir ?

— Non, ça va bien : et c'est justement le fait que ça aille bien que je ne comprends pas ! répond Odd.

Yumi et Aelita échangent un regard amusé.

Nos héros regardent le paysage qui les entoure. Ils observent la plate-forme marquée du sigle de X.A.N.A.*, le dôme qui les surplombe, l'embrasure ouvrant sur la passerelle.

Pendant ce temps, dans son laboratoire, Jeremy entre des données dans l'ordinateur.

— Vous êtes prêts ? demande-t-il à ses amis. Je suis en train de saisir les coordonnées de l'endroit où se trouve le fragment d'Aelita...

La jeune fille regarde ses pieds : la plate-forme qui porte le sigle de X.A.N.A.* sur laquelle le Transporteur les a déposés se met à tourner lentement sur elle-même, tandis que le dôme se met lui aussi à bouger.

— Tenez-vous prêts ! crie Aelita. La paroi va s'ouvrir !

La fente du dôme vient se placer devant l'une des branches du motif de X.A.N.A.*. Les quatre compagnons courent à toutes jambes jusqu'à la paroi qui s'ouvre devant eux et s'élancent dans le couloir qui mène à la sortie du globe.

Puis, s'arrêtant, ils observent les blocs mobiles qui se mettent en place pour former un couloir.

Tendu, concentré, Jeremy porte la main à sa micro-oreillette tandis que, sur les écrans, le compte à rebours s'enclenche.

— Vous avez trois minutes pour trouver la clé et arrêter le compte à rebours !

Reprenant leur course, Ulrich, Odd, Yumi et Aelita arrivent au noyau du Cinquième Territoire… et débouchent dans une salle particulière : l'endroit n'est qu'un assemblage chaotique de blocs de tailles et de formes diverses.

Yumi lève les yeux.

— Là, je la vois !

En effet, la clé se trouve accrochée à une paroi, à plusieurs mètres du sol.

Les quatre amis ne disent rien, mais ils pensent tous la même chose : pour accéder à cet endroit, il faudrait grimper sur certains blocs, passer sous d'autres en se contorsionnant – bref, se transformer en véritable serpent humain.

Odd fait la grimace. Pourquoi personne n'a pensé à inventer des missions faciles ?

# 6

# DANS LE FEU DE L'ACTION !

Soudain, plusieurs blocs se mettent à se déplacer et d'énormes vers apparaissent, avançant sur leur partie postérieure : des Rampants !

— Là-haut ! avertit Odd, pointant du doigt les monstres* prêts à attaquer.

Vif comme l'éclair, Ulrich se met déjà en garde, protégeant Aelita tandis que les Rampants commencent à décharger leurs lasers sur eux. Ulrich dévie adroitement les tirs à l'aide de son sabre. Yumi, elle, dégaine ses éventails pour parer les coups. Odd se place en première ligne et tire des fléchettes.

— Flèches laser ! annonce-t-il fièrement.

Dans le feu de l'action, il saute sur l'un des blocs où se trouvent les monstres* et en abat deux coup sur coup.

— Salut, Rampant ! Toujours aussi moche ! lance-t-il au troisième, qui ne semble pas du tout apprécier la plaisanterie et se jette furieusement sur Odd.

Mais ce dernier est plus rapide : quasiment à bout portant, il lui tire dessus.

Pendant ce temps, Yumi a commencé son ascension en direction de la clé. Avec une souplesse extraordinaire, elle se contorsionne, passant entre des blocs, se hissant sur d'autres, dans de gracieux mouvements de gymnaste. Grâce à des saltos et des pirouettes, elle se propulse à toute allure.

Angoissé, Jeremy suit le combat sur une fenêtre radar. Il jette un coup d'œil au compte à rebours.

— Vous n'avez plus qu'une minute !

Le problème, c'est que les Rampants sont toujours aussi tenaces : Odd évite de peu un tir laser en plongeant derrière un bloc. Aussitôt, il réplique en lançant des flèches laser en rafale sur les trois monstres* qui lui font face.

Mais ces derniers résistent. La situation n'est pas simple.

Ulrich, qui protège Aelita des lasers en les déviant avec son sabre, remarque les difficultés de son ami. Il décide de tenter le tout pour le tout : prenant son élan, il fonce comme un bolide vers les monstres* et, d'un coup de sabre, tranche les trois Rampants. Les monstres* se dévirtualisent en un clin d'œil. Sans perdre un instant, Ulrich se retourne vers Yumi pour voir comment elle s'en sort.

— Allez, vas-y ! Fonce, Yumi !

La jeune fille continue à grimper. La voici qui enchaîne les pirouettes sur un bloc tout en longueur. On dirait une gymnaste sur une poutre !

Restés au sol, Odd et Ulrich continuent de se battre contre les Rampants.

Enfin, après un dernier salto particulièrement spectaculaire, Yumi atterrit sur une plate-forme étroite formée par une suite de blocs.

La voix affolée de Jeremy ne tarde pas à se faire entendre.

— Yumi ! Il ne reste plus que dix secondes… Dépêche-toi !

La jeune fille fait la grimace. « Qu'est-ce qu'il croit ? Que je m'amuse ?! » pense-t-elle.

— J'y suis presque ! répond-elle en serrant les dents.

Le problème, elle s'en rend compte en levant les yeux, c'est qu'un Rampant l'attend à l'autre bout de la poutre… et décharge des salves de lasers sur elle !

Vite ! Par un habile enchaînement de pirouettes et saltos arrière, Yumi échappe aux tirs de la créature. Puis, toujours comme une acrobate, elle alterne des réceptions sur les mains et

les pieds, enchaîne les saltos et progresse en direction de la créature.

Yumi enfonce d'un coup de pied le piston que protège le Rampant.

Vive comme l'éclair, elle bondit et referme ses jambes sur le cou du Rampant – enfin, ce qui lui sert de cou – et le fait basculer dans le vide. Après une chute vertigineuse, le monstre* se dévirtualise.

— Oh, wahou ! Bien joué ! lance Ulrich.

Le compte à rebours s'arrête net.

Jeremy respire.

Soudain, les blocs commencent à se déplacer. La salle change de configuration !

Ulrich, Odd et Aelita reculent prudemment, tandis que Yumi descend les rejoindre.

La structure de la salle continue de se modifier mais, au lieu de s'ouvrir comme d'habitude sur la Zone Élévateur, où circule l'ascenseur du Cinquième Territoire, les blocs se déplacent et forment un puits. Dans la foulée, d'autres cubes viennent se placer sur la paroi de ce dernier, dessinant un véritable escalier en colimaçon.

Yumi rejoint ses trois amis. Le petit groupe se penche et regarde au fond du puits. Une lumière étrange et pâle y scintille.

Un sourire ironique se dessine sur les lèvres d'Odd.

— Une descente aux enfers, super ! Ça tente quelqu'un ?

Jeremy porte une main à sa micro-oreillette et répond d'un ton moqueur :

— Eh bien, je croyais que tu voulais mener la danse ?! Alors vas-y !

Nos héros échangent un regard complice. Quoi qu'il se trouve au fond de ce puits, pas question de laisser l'un d'eux s'y risquer en solo. L'un après l'autre, ils s'engagent donc dans l'escalier.

Ce dernier, constitué de blocs de tailles différentes, a l'air sans fin. Odd et les autres en descendent une partie... puis arrivent sur un palier et se retrouvent sur une plate-forme. Ils regardent autour d'eux.

La gigantesque salle, faiblement éclairée, est parcourue d'innombrables escaliers – des blocs assemblés entre eux, au-dessus du vide numérique – qui semblent s'étendre à l'infini, et partir dans toutes les directions.

Au loin, à l'extrémité de la plate-forme, se trouve un monticule de blocs surmonté d'une boule lumineuse qui flotte dans les airs et scintille.

Ulrich s'avance, intrigué.

— Jeremy ? Y a un truc qui brille là-bas !

Leur ami pianote sur son clavier. Sur ses écrans de contrôle, un plan de la salle s'affiche, ainsi qu'un symbole lumineux : le fameux fragment de mémoire qui manque à Aelita.

Jeremy sourit, ravi.

— Oui, c'est ça !

Fascinés, nos héros suivent des yeux la boule lumineuse.

# 7 SI PRÈS DU BUT !

Aelita prend une inspiration. Puis, elle s'élance sur la plate-forme qui mène à la boule lumineuse.

Bouche bée, Ulrich, Odd et Yumi la regardent un instant sans réagir. Puis ils lui emboîtent le pas. Mais, brusquement, des blocs se déplacent dans les parois, découvrant des sortes de galeries. Des Rampants en sortent. Sans perdre une seconde, Yumi brandit ses deux éventails et prévient ses amis.

— Attention !!

Un Rampant la met en joue et ouvre le feu. La jeune fille dévie le tir avec un de ses éventails. Mais d'autres monstres* surgissent. D'où sortent-ils ainsi ?

À leur tour, Odd et Ulrich se mettent en position de combat et détournent les attaques des créatures. Elles sont de plus en plus nombreuses : la bataille est difficile. Ulrich commence à paniquer.

— Fonce, Aelita !

La jeune fille court à toute vitesse en direction du fragment.

Puis elle s'arrête net, s'apercevant qu'il manque un bloc à la passerelle qui mène à la boule lumineuse. Devant elle : un vide béant. Et les Rampants n'en finissent plus d'apparaître et de foncer sur nos amis, tirant sans relâche.

Peu à peu, Ulrich et ses compagnons reculent, totalement débordés par la situation. Yumi est la première à oser dire ce que les autres pensent tout bas.

— Je crois qu'on ferait mieux de ne pas traîner ici ! crie-t-elle.

Le trio court rejoindre Aelita. Le problème, c'est que les Rampants ne sont pas prêts à abandonner la partie aussi facilement. Touché par un tir, Odd tombe au sol. Les deux autres s'immobilisent mais leur ami, qui voit les monstres* se ruer sur lui et qui sait que plus rien ne pourra le sauver, encourage ses amis d'un geste :

— Allez ! Filez !

Ulrich et Yumi arrivent à côté d'Aelita. Ils ne peuvent que constater les dégâts : la route s'arrête ici.

De son côté, Odd fait tout pour retarder sa dévirtualisation. Par les galeries, les Rampants surgissent de tous les côtés, mais le garçon continue de lancer ses flèches.

Bondissant comme un félin, il évite plusieurs tirs... Malheureusement, il finit par être touché par quelques lasers de Rampants.

— Aaaah !

Immédiatement, Odd est dévirtualisé. Yumi, Ulrich et Aelita se regardent, hésitants. Sans attendre, les Rampants foncent dans leur direction. Il faut agir – et vite. D'un même geste, Yumi et Ulrich attrapent chacun Aelita par une main, puis tous les trois prennent leur élan et se jettent dans le vide.

Le trio essaie d'atteindre l'autre rive de la passerelle. Aelita se réceptionne correctement mais Ulrich et Yumi n'ont pas cette chance : manquant l'autre côté d'un cheveu, ils basculent dans le vide.

Affolée, Aelita se retourne. D'une main, Ulrich se retient au rebord de la passerelle. Avec la seconde, il a attrapé Yumi, dont les jambes battent dans le

vide. Aelita s'accroupit et tente de les tirer à elle, mais les Rampants restés de l'autre côté, frustrés d'avoir perdu leurs proies, en profitent pour leur tirer dessus. Touchée, Yumi lâche la main d'Ulrich et se dévirtualise.

Ensemble, Odd et Yumi apparaissent dans les caissons du laboratoire. À bout de forces, ils tombent à quatre pattes sur le sol.

Mais les Rampants ne cessent pas le combat. Demeuré seul, Ulrich doit à présent faire tout ce qu'il peut pour protéger Aelita avec son sabre.

Paniqué, le jeune garçon donne les dernières nouvelles à Jeremy.

— Jeremy ! Yumi et Odd sont dévirtualisés ! Je suis tout seul avec Aelita, maintenant.

Pâle, Jeremy hurle dans sa micro-oreillette.

— Oui, oui, tu crois que je ne le sais pas ?! Récupérez le fragment d'Aelita !

Brusquement, tous les blocs de la salle où se trouvent Aelita et Ulrich s'effondrent.

La passerelle sur laquelle ils se tiennent commence à se dérober sous leurs pieds.

— C'est pas vrai! s'écrie Jeremy. Tout le décor est en train de se détraquer. Foncez, ne perdez pas une seconde !

Nos deux héros courent à toute vitesse tandis que les blocs s'affaissent dans le vide autour d'eux, entraînant tous les monstres* qui restaient. Le sol tremble, les plates-formes s'écroulent sur elles-mêmes et Aelita perd l'équilibre. Paniqué, Ulrich lui tend la main… mais trop tard ! Tous deux tombent dans le vide en criant. Tout espoir semble perdu.

Mais au moment où Aelita ferme les

yeux en attendant la fin, elle se sent soulevée d'un coup dans les airs. Sa chute s'est arrêtée ! Regardant autour d'elle, elle découvre avec le plus grand étonnement qu'elle a atterri sur une Manta.

Jetant un œil sur le côté, elle constate qu'Ulrich se trouve exactement dans la même situation : tous les deux survolent le vide, juchés sur le dos des monstres*.

— Jeremy ! crie Ulrich. C'est de pire en pire !

Le jeune prodige esquisse un sourire.

— Au contraire, affirme-t-il, les choses s'arrangent, crois-moi !

Les portes du laboratoire viennent de s'ouvrir : Odd et Yumi apparaissent aux côtés de Jeremy et assistent à la scène, les yeux fixés sur les écrans.

Ulrich se tient debout sur une Manta. Sur l'autre monstre*, Aelita est assise, presque paisiblement. Les créatures transportent nos deux amis au milieu des blocs de l'Arena. À quel ordre obéissent-elles ?

C'est la question que se pose Ulrich.

— Euh… C'est quoi ce délire ?

— C'est Franz Hopper ! répond Jeremy, surexcité. C'est lui qui contrôle les Mantas !

La créature qui porte Ulrich s'approche d'une passerelle en ralentissant – suffisamment pour laisser sauter son hôte sur le sol. Après quoi elle s'éloigne et poursuit sa route.

Assistant à la scène, Aelita se relève, et se laisse guider jusqu'à la boule lumineuse.

Jeremy ne peut s'empêcher de triompher en observant la scène sur ses écrans. À ses côtés, Odd et Yumi semblent autant émerveillés que lui.

— C'est génial ! s'exclame Jeremy.

Comme si elle l'avait entendu, la Manta d'Aelita se met à tourner… puis met le cap sur le sommet de l'escalier, et s'approche de la plate-forme au-dessus de laquelle flotte la boule lumineuse. À son tour, Aelita saute de sa monture : la voici maintenant sur la plate-forme, face au fragment tant désiré.

Très émue, elle fait un pas en avant et contemple la sphère avec attention.

Elle voit mieux, à présent. À l'intérieur de la petite boule se trouve une

image transparente d'elle-même, de la taille d'une poupée. On dirait un fantôme pris au piège.

Aelita saisit la boule à deux mains. Dans la sphère, son image tourne sur elle-même. La jeune fille reste muette de surprise et de ravissement... jusqu'à l'instant où la boule explose, comme si elle n'avait été qu'une illusion.

Choquée, Aelita demeure bouche bée, incapable de bouger.

Jeremy, Yumi et Odd qui ont assisté à la scène grâce aux écrans, sont tout aussi interdits.

D'une voix faible, comme si elle pressentait une catastrophe, la jeune fille appelle :

— Jeremy ?

Puis elle recule, apeurée.

Petit à petit, tout s'effondre autour d'elle. Des blocs jaillissent, tombent, disparaissent. Aelita est seule, plus seule que jamais, et désarmée devant le chaos monstrueux qui s'annonce.

Dressé sur son siège, Jeremy vient de comprendre.

— C'est un piège ! s'exclame-t-il.

Ulrich, qui se trouve au pied de l'escalier, lève la tête vers le ciel et, horrifié, comprend la gravité de la situation. Aelita et lui sont perdus, et ne peuvent rien faire. Tout tombe en ruines autour d'eux – mais pas seulement sur les côtés : en dessous, au-dessus d'eux, des milliers de blocs s'écroulent, prêts à les réduire en miettes.

Ulrich cherche une solution quand un bloc tombe sur celui où il se trouve. Précipité dans le vide, le jeune garçon chute comme une pierre... lorsqu'une Manta passe sous lui pour le réceptionner et, d'un coup de nageoire, le propulse sur un autre bloc qui paraît pour le moment plus solide.

Stupéfait, Ulrich observe la créature qui vient de lui sauver la vie… au moins temporairement. Car une pluie de blocs s'abat maintenant de tous côtés. Ulrich danse d'un pied sur l'autre pour les esquiver. Mais hélas ! l'un des blocs l'écrase... et il est dévirtualisé lui aussi.

Aelita se mord les lèvres. Cette fois, elle est absolument seule dans cet enfer.

Coincée sur la plate-forme, elle contemple le vide et la salle autour d'elle. La dernière Manta, qui se trouvait encore près d'elle, se fait elle aussi écraser par un bloc et dévirtualiser. Un véritable massacre !

— Jeremy, au secours ! hurle la jeune fille, seule sur sa plate-forme.

Et la voilà qui flotte à la dérive sous la pluie de blocs.

Son ami, qui consulte nerveusement ses écrans à la recherche d'un indice, d'une solution miracle, plisse les yeux avec effroi. Le symbole de la Méduse vient d'apparaître. Il ne manquait plus que ça...

— Aelita ! Attention ! Derrière toi !

Devant les écrans, Yumi et Odd ne parviennent plus à cacher leur angoisse.

Aelita se retourne... Face à elle, la Méduse surgit de l'ombre.

La jeune fille reste figée par l'apparition du monstre*. C'est comme un cauchemar qui se répète.

Jeremy s'écrie, horrifié :

— Oh non, c'est pas vrai !!!

Les portes du laboratoire s'ouvrent sur Ulrich, épuisé et le visage défait.

— Désolé. Désolé, Jeremy, mais je n'ai rien pu faire...

Yumi et Odd se tournent vers lui, catastrophés.

La Méduse s'approche d'Aelita et lance ses tentacules vers elle. Le corps de la jeune fille s'élève lentement dans les airs.

La Méduse commence à lui voler sa mémoire. Jeremy est désespéré. Se prenant la tête à deux mains, il hurle :

— NOOOOON !!!

Ulrich, Yumi et Odd sont tétanisés.

Sur la plate-forme, la Méduse continue son œuvre de destruction. La mémoire d'Aelita est comme un délicieux repas pour elle.

Les écrans se mettent à scintiller : la courbe de mémoire d'Aelita et celle de ses points de vie baissent rapidement. Ulrich, Jeremy, Yumi et Odd, paralysés et consternés, fixent les ordinateurs.

Enfin, la Méduse relâche son emprise. Le corps d'Aelita retombe inerte sur le sol. Ses mains se relâchent. Ses yeux se ferment.

Avec un grésillement, la courbe de mémoire de la jeune fille disparaît intégralement de l'écran, ainsi que ses points de vie.

Jeremy ferme les yeux. Il est totalement désespéré. Dans un souffle, il lâche ces mots terribles :

— Je n'arrive pas y croire, les amis. Aelita est morte.

À ce moment-là, le monde de Lyoko sombre dans les ténèbres.

Dans le Territoire des Montagnes, une tour* s'active soudain, entourée d'un halo de couleur rouge. Puis une autre dans le Territoire de la Forêt. Le même phénomène se produit au cœur du Désert et sur les étendues immaculées de la Banquise. Finalement, ce sont toutes les tours*, sur chacun des Territoires, qui passent en rouge les unes après les autres.

Ulrich, Jeremy, Odd et Yumi n'en reviennent pas.

— Mais... qu'est-ce qui se passe ? demande Yumi.

— X.A.N.A.* a eu ce qu'il voulait, annonce Jeremy d'une voix brisée. Ça y est, il détient les clés de Lyoko. Il va pouvoir s'évader du supercalculateur* !

Au-dessus de l'usine, des éclairs zèbrent le ciel noir. Une nuée de

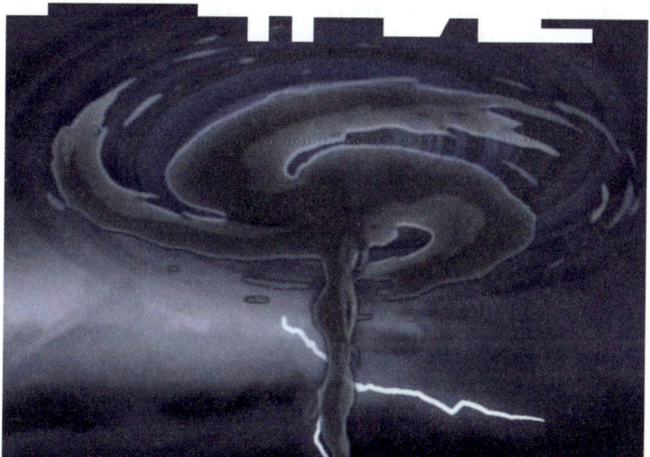

spectres se rassemble… avant de s'éparpiller. X.A.N.A.* s'échappe !

Rapidement, le Cinquième Territoire s'éteint. Une vague de ténèbres se déploie, engloutissant la Zone de la Voûte, puis la Zone de l'Élévateur et la Zone Noyau.

Pétrifiés, nos cinq héros assistent impuissants au spectacle.

Jeremy baisse la tête.

La salle, puis la plate-forme commencent à s'éteindre autour du corps d'Aelita.

Ce dernier est sur le point de disparaître dans la pénombre.

Encore quelques centimètres.

Quand soudain, tout s'arrête.

En effet, un halo blanc – une sorte d'énorme sphère lumineuse – apparaît et entoure Aelita, comme pour la protéger... avant de la soulever du sol.

Derrière ses paupières closes, Aelita ressent encore des choses. Sa mémoire n'est pas complètement morte. Elle part à la rencontre de ses souvenirs d'enfance.

# 8

# FLASH-BACK

Un paysage de montagnes. Aelita est là, dans le jardin enneigé du chalet suisse de ses parents, occupée à faire une énorme boule de neige. Elle n'est encore qu'une petite fille, emmitouflée dans son gros manteau d'hiver.

— T'as vu, maman ? s'exclame-t-elle, heureuse.

Au fond du jardin, ses parents la couvent du regard. Sa mère met ses mains en porte-voix.

— Ne t'éloigne pas trop, ma chérie !

Une deuxième scène succède à la première. C'est un matin de Noël, et Aelita ouvre son cadeau. Penchés au-dessus d'elle, ses parents l'observent avec amour. La joie de la fillette est immense lorsqu'elle découvre un magnifique pantin sous le papier brillant.

— Oh, il est trop mignon ! Je l'adore ! Comment on va l'appeler ?

— Pourquoi pas Mister Puck ? propose Franz Hopper. C'est un nom de lutin.

— Il te plaît ? demande sa mère.

Le regard émerveillé de la petite fille parle de lui-même. Elle se jette au cou de sa mère et la couvre de baisers.

Les années passent. Aelita, qui a grandi, apprend à jouer du piano au côté de son père. Assise dans un fauteuil, sa mère les écoute.

— C'est comme les mathématiques... commence Franz Hopper. Laisse-moi te montrer, tu veux bien ?

La musique du piano retentit longuement, comme une transition vers la scène suivante.

La maison de l'Ermitage : il y a longtemps, du temps où elle n'était pas délabrée. Aelita arrive dans le jardin à vélo.

Elle dépose son engin contre le mur de la remise, puis entre dans le vestibule. L'instant d'après, tout sourires, elle court dans le hall à la rencontre de son père, qui joue du piano dans le salon.

— Papa ? Je monte dans ma chambre !

— Bien, ma chérie.

La jeune fille est assise par terre dans sa chambre : elle lit. Soudain, un crissement de pneus retentit. En bas, le piano s'est tu.

Intriguée, Aelita tourne la tête. Puis, se levant, elle marche vers la fenêtre et regarde dehors. Dans le jardin, un homme vêtu de noir, et à l'aspect menaçant, la fixe des yeux.

Aelita sursaute et recule.

— Papa !

Franz Hopper ouvre brusquement la porte. Il n'arrive pas à cacher son affolement. Tournée vers lui, Aelita désigne la fenêtre.

— Papa ! Il y a des hommes en noir en bas !

Son père acquiesce.

— Je sais... Tu te souviens de l'endroit où se trouve Mister Puck ?

Aelita jette un œil vers une affiche accrochée au mur de sa chambre, et qui représente un arbre. Elle murmure :

— Oui.

Franz Hopper tourne les talons et ressort de la chambre en courant.

— Alors viens vite ! lui ordonne-t-il.

La jeune fille et son père descendent l'escalier quatre à quatre. Ils se précipitent vers le vestibule mais se figent d'un coup.

La porte d'entrée s'ouvre sur les hommes en noir. Aelita, terrorisée, ne peut que se cacher derrière son père.

— Non !!!

Franz Hopper lui prend la main.

— Par ici, ma chérie !

La jeune fille et Franz Hopper s'enfuient par l'escalier qui mène au sous-sol. Les hommes en noir les suivent toujours, tandis qu'ils se ruent vers la porte qui donne sur le jardin.

Franz Hopper et sa fille sortent de la maison et le professeur referme derrière lui, coinçant la poignée avec une planche en bois pour empêcher leurs poursuivants de sortir.

Le père et sa fille se hâtent ensuite vers la porte rouillée du souterrain qui mène aux égouts puis à l'usine : un passage secret !

Franz Hopper ouvre la porte précipitamment et entraîne sa fille dans les égouts. Leurs pas résonnent. Leurs respirations remplissent le silence.

Aelita et Franz Hopper courent un moment encore, puis se retrouvent dans la salle du laboratoire.

Franz Hopper se rue vers le bureau et commence à pianoter sur son écran. Aelita regarde autour d'elle, désorientée.

— Où est-ce qu'on est ?

Les dents serrées, Franz Hopper répond :

— Dans mon laboratoire.

Ayant enfoncé une dernière touche, il se dirige de nouveau vers Aelita et la conduit vers la porte du laboratoire.

— Viens !

La jeune fille lui saisit la main et l'interroge.

— Tu vas me dire où on va ?

Frantz Hopper se retourne. Il la prend par les épaules et la regarde intensément.

— Dans un monde où nous serons à l'abri toi et moi, pour toujours !

Aelita lui sourit.

Franz Hopper entre dans un des trois caissons.

— À tout de suite, mon trésor !

Aelita s'installe dans un caisson.

— D'accord. À tout de suite, papa...

Les deux caissons se referment.

Dans la salle du fragment, dernier vestige lumineux du Cinquième Territoire, Aelita ouvre les yeux d'un coup... comme si elle avait repris vie grâce à ses souvenirs.

Nos héros sont regroupés devant le bureau.

Un *bip* retentit. Jeremy relève la tête et fronce les sourcils en regardant les écrans.

Sans voix, il frappe quelques touches sur son clavier.

Odd, Ulrich et Yumi le regardent faire. Ulrich plisse les yeux.

— Tu comptes nous dire ce qui se passe ?

Jeremy lève les yeux vers son écran, incrédule.

— C'est Franz Hopper... Il... Il est en train de faire revivre Lyoko !

Autour d'Aelita, toujours entourée par le halo blanc, le Cinquième Territoire commence à reprendre des couleurs.

Dans chaque Territoire, les tours* devenues rouges reprennent leur couleur blanche.

Sur les écrans, la courbe des points de vie d'Aelita remonte en flèche. Yumi attrape brutalement Jeremy par l'épaule en désignant l'écran.

— Regardez ! C'est incroyable...

Jeremy contemple ses écrans, stupéfait.

— Franz Hopper est en train de sauver sa fille !

Le Cinquième Territoire est entièrement rallumé, maintenant. La boule blanche qui entourait Aelita s'est éteinte.

La jeune fille est étendue sur le sol de la plate-forme. Immobile et sans comprendre ce qui se passe, elle regarde autour d'elle.

Affichés sur l'ordinateur, ses points de vie sont de nouveau au plus haut. Nos héros sont bouche bée. Soudain, l'interface de matérialisation indique que quelqu'un est en train de se matérialiser.

Jeremy sursaute.

— À la salle des scanners ! Remuez-vous ! ordonne-t-il.

Tous se ruent dans la salle. Un caisson est en train de s'ouvrir. De la fumée s'en dégage.

Fous d'anxiété, Ulrich, Odd, Yumi et Jeremy attendent la suite. Le caisson termine de s'ouvrir. La fumée se dissipe.

Aelita sort en titubant, puis tombe au sol, sans connaissance.

Jeremy se précipite vers elle.

— AELITA !

Il la prend dans ses bras. Elle ouvre lentement les yeux et le regarde.

— Jeremy...

Le jeune garçon n'a jamais ressenti une émotion de ce genre. Il la serre un peu plus fort.

# 9

# TOUS POUR UN !

La nuit est tombée. Nos héros sont regroupés dans la chambre de Jeremy.

Aelita, qui semble épuisée, est assise sur le lit du jeune prodige, une couverture sur les épaules. D'un air pensif, elle caresse Kiwi, qui dort près d'elle.

Jeremy, Ulrich, Yumi et Odd sont installés à ses côtés.

Le petit groupe est silencieux. Chacun est perdu dans ses pensées. Enfin, Odd soupire et se tourne vers les autres.

— Y a personne qui a un truc drôle à dire pour détendre l'atmosphère ? Je vais finir par faire une crise d'angoisse, moi !

Aelita soupire et secoue la tête.

— Mon père s'est sacrifié pour me sauver… et on ne sait même pas s'il est toujours sur Lyoko !

Odd lève les yeux au ciel et s'affale sur le lit, la main sur son cœur.

— Ça y est ! T'as gagné ! Je fais une crise d'angoisse !

Jeremy est encore sous le choc.

— Tous les souvenirs que tu avais de ta vie sur Terre, c'était ça, le fragment que X.A.N.A.* t'avait volé et qui te liait à lui ! Mais grâce à Franz Hopper, tu as pu tout récupérer !

Aelita approuve. Ulrich soupire.

— Maintenant en tout cas, tu es libre. Malheureusement, X.A.N.A.* aussi !

Yumi se tourne vers Jeremy.

— Si on ne peut plus s'en débarrasser en éteignant le supercalculateur*... qu'est-ce qu'on va faire ?

Jeremy se gratte le menton. Puis il se lève et se poste à la fenêtre, les mains croisées derrière le dos.

— Bah, comme toujours... On se battra ! X.A.N.A.* est devenu puissant, mais je ne pense pas qu'il soit invincible !

Jeremy se retourne vers la petite bande, qui l'écoute attentivement. Il serre les poings.

— S'il attaque, on ripostera ! Et on

trouvera le moyen de s'en débarrasser pour de bon !

Yumi pose une main sur le bras d'Aelita.

— Et ne t'inquiète pas : on va tout faire pour retrouver ton père !

La jeune fille se redresse. L'amitié des autres l'aide à reprendre courage.

— Vous avez raison ! La lutte doit continuer ! Après tout, combattre X.A.N.A.*, c'est ma mission !

Jeremy, Ulrich, Yumi et Odd l'observent, stupéfaits. Ils ne l'ont jamais vue aussi déterminée.

Des lueurs nouvelles brillent dans les yeux de nos héros. Jeremy prend la main d'Aelita.

— Non, Aelita... C'est *notre* mission !

Aelita regarde Jeremy et lui sourit. D'un air résolu, Odd prend la main de Jeremy, et la serre à son tour.

Yumi attrape la main d'Odd.

Ulrich saisit la main de Yumi dans la sienne.

Aelita donne son autre main à Ulrich, et regarde ses amis, émue.

Le silence retombe sur la chambre. Une nouvelle aventure commence...

**FIN**

***Quel piège de X.A.N.A. Jeremy et ses amis devront-ils encore éviter ?***

***Pour le savoir, tourne vite la page !***

# LES AS-TU TOUS LUS ?

**RETROUVE TOUTE L'AVENTURE CYBERNÉTIQUE D'ODD, YUMI ET ULRICH DANS LES HISTOIRES PRÉCÉDENTES.**

Code Lyoko 1 :
Clap de fin

Code Lyoko 2 :
Gravité zéro

Code Lyoko 3 :
Code Terre

Code Lyoko 4 :
Faux départ

Code Lyoko 5 :
Nouvelle donne

Code Lyoko 6 :
Terre inconnue

Code Lyoko 7 :
Tentation

Code Lyoko 8 :
Ultimatum

Code Lyoko 9 :
Révélation

# DE NOUVELLES RÉVÉLATIONS SUR WWW.CODELYOKO.COM !!!

## Sauras-tu garder le secret ?

La Bibliothèque Verte t'offre la possibilité de découvrir de nouvelles révélations exclusives sur tes héros ! Pour cela, il suffit de venir sur le site officiel de la série www.codelyoko.com et de rentrer le code secret…

Attention ! Voici ton code secret : **CL2006H**

Lorsque tu es sur le site, inscris-toi au Club (c'est gratuit !), et tape ce code secret dans la section correspondante (le carré jaune en haut à droite de l'écran).

Puis, viens vite découvrir ce que tu as reçu dans la section « Mon album » !!

Alors à très bientôt sur le site
www.codelyoko.com !!

CODE LYOKO™
PLONGEZ VERS L'INFINI
sur PlayStation 2 et PSP !
PlayStation 2
CODE LYOKO™- PLONGEZ VERS L'INFINI
PSP
Taffy ENTERTAINMENT
MINDSCAPE
Retrouvez les jeux sur http://jeunesse.mindscape.com
Code Lyoko™ © MoonScoop/ France 3 – 2008. All rights reserved.
Developed by Neko Entertainment.

www.bibliothequeverte.com
Le site de tes héros préférés
LA BIBLIOTHÈQUE VERTE
TES SÉRIES PRÉFÉRÉES
CONCOURS
QUOI DE NEUF ?
L'ATELIER
LA BOUTIQUE
BIBLIOTHÈQUE VERTE
LA BIBLIOTHÈQUE VERTE

# TABLE